Sa Majesté des Mouches

FichesdeLecture.com

Sa Majesté des Mouches
(Fiche de lecture)

I. INTRODUCTION

Sa Majesté des mouches est un roman écrit par William Golding, écrivain britannique. Il paraît en 1954 et raconte les aventures d'un groupe d'enfants de la bonne société, livré à lui-même sur une île déserte suite à un crash aérien.

Le roman, dont le succès est immense, pose des questions fondamentales sur la nature de l'être humain, la civilisation, et la tension permanente entre vie pacifique et morale et instincts violents et anarchiques.

II. RÉSUMÉ DE L'ŒUVRE

Pendant la deuxième guerre mondiale, un avion avec à son bord un groupe d'écoliers anglais en route vers l'Australie, s'écrase sur une île montagneuse en plein océan Pacifique. Aucun adulte ne survit à l'écrasement et les enfants se retrouvent livrés à eux-mêmes. Ils doivent s'organiser le mieux possible pour survivre en attendant les secours. L'âge des enfants varie entre six et douze ans.

Le plus âgé d'entre eux, Ralph, est nommé chef du groupe. Ses deux plus proches amis sont Piggy, un intellectuel obèse, raisonneur et intelligent et Simon, un garçon honnête et courageux. Ralph tente de créer un semblant d'organisation et de discipline sur l'île. Il trouve une conque, une sorte de gros coquillage, dans laquelle il souffle lorsqu'il veut réunir les enfants. Celui qui tient la conque a droit de parole et les autres doivent se taire et l'écouter attentivement. La conque devient le symbole d'organisation et de pouvoir.

Au début, la bonne entente semble vouloir régner. Chacun s'acquitte de sa tâche assez mollement. Les plus petits ne pensent qu'à se gaver de fruits, à se baigner dans l'eau chaude du lagon et à jouer sur la plage. Trois cabanes sont construites, mais elles restent branlantes et fragiles. La vie sur l'île comporte plusieurs avantages, en particulier l'absence d'adultes qui laisse aux enfants l'entière liberté de leurs actes. La seule autorité reconnue est celle de Ralph qui possède plusieurs qualités faisant de lui un chef aimé et respecté.

Mais Ralph n'a pas que des alliés au sein du groupe. Après avoir été amis, un grand garçon nommé Jack, chargé d'approvisionner le groupe en viande, conteste de plus en plus l'autorité de Ralph et rassemble autour de lui ses chasseurs. Ce groupe est également chargé de l'entretien d'un grand feu sur le haut de la montagne afin de signaler leur présence à des navires croisant éventuellement dans les parages.

Plusieurs événements surviennent alors dans la petite communauté. D'abord, en tentant de faire un feu, les enfants mettent accidentellement le feu à la jungle, brûlant plusieurs hectares de forêt. Un petit garçon disparaît au cours de l'incendie et personne ne le revoit. Ensuite, quelques jeunes enfants affirment avoir aperçu une bête énorme et menaçante durant la nuit et un climat d'inquiétude et d'angoisse s'installe peu à peu au sein des garçons.

Le groupe de chasseurs de Jack, absorbé par la chasse au cochon sauvage, oublie d'entretenir le feu et un bateau passe au loin sans s'arrêter entraînant la colère de Ralph. Jack, éprouvant de plus en plus d'aversion pour le chef du groupe, décide alors de former son propre clan et s'éloigne en compagnie de ses chasseurs pour s'installer dans une autre partie de l'île. Les deux groupes deviennent ennemis et l'agressivité monte.

Jack forme une expédition afin de dérober les précieuses lunettes de Piggy, seul moyen d'allumer du feu sur l'île. Le groupe de Jack possède alors deux atouts majeurs : le feu et la viande. Ils deviennent de plus en plus obsédés par la chasse et le sang. Ils organisent des danses rituelles et libèrent leurs instincts primitifs lors de ces fêtes orgiaques.

Simon fait alors une découverte étonnante. Le fameux monstre de l'île n'est en fait que le cadavre pourrissant d'un parachutiste échoué au sommet de la montagne. Une nuit, en tentant de faire part de sa découverte aux autres enfants, le groupe le tue à coups de lance, croyant avoir affaire au monstre descendu de son repaire.

N'ayant plus rien pour allumer un feu, Ralph, Piggy et les jumeaux Rick et Sam traversent l'île et se rendent au repaire de Jack pour tenter de négocier la restitution des lunettes de Piggy. Mais, Roger, le bras droit de Jack, garde l'entrée. Il pousse un énorme rocher sur les garçons et Piggy est frappé de plein fouet. Il tombe au bas de la falaise et se tue. Les deux jumeaux sont faits prisonniers. Ralph reste donc seul. Jack organise alors une chasse à l'homme afin de retrouver Ralph et l'éliminer. Les garçons mettent le feu à la forêt afin de forcer Ralph à se montrer et lui enlever toute possibilité de se terrer dans les buissons. Après plusieurs heures d'angoisse et de poursuite effrénée, le garçon est sauvé in extremis par des officiers anglais, alertés par la fumée et venus sauver les survivants de l'accident d'avion. En apercevant ses sauveurs, Ralph s'effondre sur le sol en pleurant.

III. PRÉSENTATION DES PERSONNAGES PRINCIPAUX

Ralph

Du haut de ses douze ans, le garçon blond est le doyen de l'île. Large de carrure, il possède le physique d'un futur boxeur, mais la douceur de sa bouche et de ses yeux indique un manque de méchanceté. Ralph possède un tempérament raisonnable et pratique. Son père est dans la marine. Il est élu le chef des garçons de l'île et organise des réunions en soufflant l'appel dans une conque. Ralph tente d'instaurer de la discipline et le sens des responsabilités au groupe, mais en vain. Ralph est donc un personnage fort, car il tente d'organiser la vie en communauté sur l'île et est brillant puisqu'il imagine la transformation de la conque en symbole de pouvoir et de communication. Il pourrait symboliser la civilisation démocratique.

Piggy/Porcinet

Gros garçon obèse et myope, il porte des lunettes depuis l'âge de trois ans et est atteint d'asthme. Avant d'arriver sur l'île, il vivait chez sa tante proprié-taire d'une confiserie et mangeait des bonbons à volonté. Il est intelligent, philosophe et raisonneur, mais plutôt peureux et passif. Il s'indigne facilement et est souvent mortifié par les remarques et moqueries des autres garçons. Ses lunettes deviennent un objet de convoitise, car elles permettent de faire du feu. Il meurt en tombant du haut d'une falaise d'une quinzaine de mètres.

Jack Merridew

Grand garçon roux, mince et laid. C'est un garçon autoritaire, dominateur et agressif. Il est jaloux de l'élection de Ralph comme chef du groupe. Avec les garçons de la maîtrise qu'il commande, il est chargé d'approvisionner le groupe en viande et ne tarde pas à devenir un chasseur de cochons sauvages expérimenté et efficace. Ne supportant plus les lois du groupe de Ralph, il forme son propre clan avec ses chasseurs. Jack déteste Ralph au point de lancer ses chasseurs à sa poursuite dans le but de l'éliminer. Il ne croît pas à leur sauvetage. Il est pessimiste et se concentre uniquement sur la chasse et les plaisirs. Le personnage de Jack représente le pouvoir guerrier et les instincts sauvages.

Roger

Roger est une sorte de lieutenant de Jack. C'est un garçon sadique et violent, directement responsable de la mort de Piggy.

Simon

Petit garçon maigre, timide, mais courageux, Simon est un ami de Ralph. Ses yeux sont si brillants que Ralph le croit gai et même espiègle. C'est lui qui découvre que le monstre tant redouté n'est en fait que le cadavre d'un parachutiste et il sera tué par le groupe lors d'une fête orgiaque, en tentant de leur faire part de sa découverte. Simon représente la franchise et le courage. En effet, il parvient en permanence à surmonter ses peurs tout en faisant preuve de sagesse.

Sam-Erik / Sam et Eric

Les jumeaux font partie des enfants hésitants, ballottés entre les deux forces de pouvoir rivales qui s'affrontent. Ce sont des enfants trapus et robustes, vifs. Amis de Ralph, ils sont faits prisonniers par le groupe de Jack auquel ils sont dès lors forcés d'obéir. Ils trahissent leur ami en révélant l'endroit où il se cache, le livrant ainsi à la fureur des chasseurs.

Le groupe des « petits »

Il est notamment composé de Johnny (6 ans), un jeune garçon plutôt agressif, de Phil, qui n'est pas toujours cru quand il parle, ou encore de Henry. Le groupe des « petits » réunit les plus jeunes, qui vivent d'une manière différente des plus âgés, mais très active, puisqu'ils s'organisent pour trouver de la nourriture, etc. Parmi eux se trouve un enfant un peu plus faible, car il pleure souvent : il s'agit de Percival.

Le groupe de la maîtrise

Parmi la maîtrise se trouvent Bill, Robert ou encore Harold. La maîtrise est un groupe de jeunes chanteurs faisant partie d'une chorale. Jack Merridew est le chef du groupe et les garçons lui obéissent sans discuter. Ils deviendront les chasseurs ayant pour responsabilité d'approvisionner les enfants en viande de cochons sauvages et d'entretenir le feu.

Sa-Majesté-des-mouches

Ce nom est en fait donné à une tête de cochon plantée sur un piquet. Il s'agit d'une offrande des chasseurs de Jack au mystérieux monstre de la montagne. La tête de cochon est entourée d'un essaim de mouches bourdonnantes ce qui lui confère l'apparence d'un roi entouré de ses sujets. Mais l'imagination de Simon lui joue des tours et il lui semble entendre la chose hideuse parler. Sa-Majesté-des-Mouches lui parle d'ailleurs comme le ferait un professeur sévère et condescendant.

IV. PERSPECTIVES DE LECTURE

La civilisation contre la sauvagerie

La lutte entre la civilisation et la vie sauvage est une préoccupation fondamentale dans l'œuvre de Golding. En cela, *Sa Majesté des Mouches* développe dans une microsociété les deux tendances rivales qui s'affrontent en permanence dans chaque être humain, et au sein même des sociétés humaines.

La division est fondamentale, avec le combat entre deux tendances, deux appels : l'instinct de vivre en société, avec des règles à vertu pacifique, une morale commune et des valeurs personnelles, et une notion de bien commun à l'esprit. Ralph incarne bien cette tendance. De l'autre côté, on trouve Jack, qui en compagnie de ses chasseurs, représente les désirs immédiats, l'instinct, la violence, le chaos contre l'ordre et la quête de la suprématie sur les autres. De là découlent toutes les oppositions « classiques » : bien contre mal, anarchie contre loi, réflexion contre impulsion...

Cela permet à Golding d'affirmer l'idée que la civilisation est liée au bien, et la sauvagerie au mal. Mais il va plus loin : la progression du roman montre la manière dont différentes personnes ressentent et gèrent (ou non) ces instincts vers la civilisation ou la sauvagerie, et ce à différents degrés. Par exemple, Roger semble incapable de se plier aux règles de la vie en société, à l'opposé de Piggy « Porcinet ».

De manière plus large, William Golding laisse à penser que la réaction primale de l'être humain l'oriente vers la sauvagerie, bien plus que vers la civilisation. Pour lui (du moins, dans ce que laisse penser le roman), un individu se tourne vers une vie civilisée à la condition que la civilisation lui ait inculqué cette tendance à limiter son individualité. Dans la vision de l'auteur, les gens (ici les enfants) ont plus naturellement tendance à s'en remettre à un comportement sauvage, cruel et barbare.

Le symbole de la tête de cochon

L'ensemble des protagonistes gravite autour de la tête en cochon, cette fameuse « Majesté des mouches », car la tête de l'animal plantée sur un piquet se décompose et attire les insectes... Elle devient alors une sorte de divinité révérée par les enfants, ce qui dénote leur peur, leur superstition face à l'environnement hostile et mystérieux dans lequel ils se retrouvent plongés.

Simon va aller jusqu'à s'imaginer parler avec elle. Sa vision et la découverte du parachutiste, couplées à un nom qui évoque la sauvagerie profonde de chaque être humain, fait de ce roman une œuvre profondément noire et pessimiste, malgré sa catégorisation en œuvre pour enfants.

De l'innocence à la violence

Si à la base, tous les enfants isolés sur l'île ont eu une éducation et donc une prédisposition au bien commun, beaucoup d'entre eux cèdent à l'attrait de la violence, qui devient un élément important de l'intrigue.

Ainsi, au début de leur séjour sur l'île, les enfants s'entendent bien, mais peu à peu, l'animosité s'installe. Jack ne supporte plus les remontrances de Ralph au sujet du feu et quitte le groupe. Les bagarres se font de plus en plus fréquentes et les coups pleuvent. Les deux groupes s'affrontent et l'animosité du début est vite remplacée par la haine. La violence et l'intimidation s'installent au sein de la tribu de Jack. Celui-ci n'hésite pas à ligoter et battre les garçons qui refusent de lui obéir. Roger apprécie particulièrement ce climat de domination guerrière et s'y laisse aller avec délices. Les chasseurs ne se contrôlent plus et tuent Simon au cours d'une danse rituelle, le prenant pour le monstre descendu de la montagne.

Nous assistons alors à une véritable perte de l'innocence première de la plupart des personnages.

La peur de la liberté ?

La fin de l'ouvrage pose nombre de questions sociologiques, psychologiques et philosophiques. Il est en effet difficile d'interpréter le fait que les enfants s'effondrent en pleurant lorsqu'un équipage vient les sauver.

Golding a-t-il voulu montrer que l'homme a peur, fuit sa propre liberté ?

L'écriture particulière de Golding

L'histoire de Sa Majesté des Mouches se déroule au cours de la Seconde Guerre Mondiale, sur une île perdue du Pacifique. Les personnages sont des écoliers anglais et il n'y a pas d'adultes sur l'île sauf l'officier britannique à la toute fin de l'histoire. Les enfants restent sur l'île pendant une durée de temps indéterminée. C'est un roman d'aventures, mais aussi une satire sociale montrant la difficulté pour l'être humain de vivre en communauté harmonieuse et le rapide retour à la barbarie en l'absence d'autorité et de règlements.

L'écriture de William Golding est vivante et poétique. Le récit est émaillé de belles descriptions de la nature sauvage de l'île et de l'âpreté des paysages rocheux. Les dialogues entre les personnages prennent une bonne place dans le récit, apportant de la vivacité et de l'animation. La force du roman réside sans conteste dans les personnages. Chacun a son caractère bien à lui, illustrant à merveille la diversité des personnalités qui composent le groupe. La cohabitation de ces différences de caractère ne se fera pas sans heurts et amènera des événements tragiques. Le rythme du récit est parfois haletant et parfois plus doux. L'auteur s'attarde à décrire les réflexions et rêveries de plusieurs personnages, leurs espoirs, leurs regrets et leurs motivations profondes. Les scènes d'action tiennent une bonne place dans le livre et certaines descriptions de chasse et de cadavre en décomposition sont assez frappantes.

Le roman est bien construit. Tout le récit se passe sur l'île qui devient le royaume des garçons. C'est un univers clos où les règles sont respec-tées mollement et où chacun vaque à ses occupations sans contrainte de temps et sans la supervision d'adultes autoritaires. Mais la liberté a un prix. Les plus jeunes font des cauchemars la nuit et sont terrifiés par un monstre habitant le sommet de la montagne. Les bagarres et les coups deviennent de plus en plus fréquents. L'île paradisiaque du début se transforme peu à peu en enfer.

Le roman nous fait prendre conscience de la fragilité de l'être humain qui, sans loi, redevient très vite un animal féroce, se battant pour sa survie et n'hésitant pas à supprimer ses ennemis. Le clan de Jack finit par domi-ner celui de Ralph qui se désagrège, deux membres étant tués et deux autres faits prisonniers. Ralph échappera de justesse à la mort, sauvé par un officier anglais. Le roman se termine sur une belle réflexion au sujet de l'innocence perdue.

Dans la même collection en numérique

Escadrille 80
Inconnu à cette adresse
La controverse de Valladolid
Les Vilains petits canards
Une partie de campagne
Cahier d'un retour au pays natal
Dora Bruder
L'Enfant et la rivière
Moderato Cantabile
Alice au pays des merveilles
Le faucon déniché
Une vie
Chronique des Indiens Guayaki
Je voudrais que quelqu'un m'attende quelque part
La nuit de Valognes
Œdipe
Disparition Programmée
Education européenne
L'auberge rouge
L'Illiade
Le voyage de Monsieur Perrichon
Lucrèce Borgia
Paul et Virginie
Ursule Mirouët
Discours sur les fondements de l'inégalité
L'adversaire
La petite Fadette
La prochaine fois
Le blé en herbe
Le Mystère de la Chambre Jaune
Les Hauts des Hurlevent
Les perses
Mondo et autres histoires
Vingt mille lieues sous les mers
99 francs
Arria Marcella
Chante Luna

Emile, ou de l'éducation
Histoires extraordinaires
L'homme invisible
La bibliothécaire
La cicatrice
La croix des pauvres
La fille du capitaine
Le Crime de l'Orient-Express
Le Faucon malté
Le hussard sur le toit
Le Livre dont vous êtes la victime
Les cinq écus de Bretagne
No pasarán, le jeu
Quand j'avais cinq ans je m'ai tué
Si tu veux être mon amie
Tristan et Iseult
Une bouteille dans la mer de Gaza
Cent ans de solitude
Contes à l'envers
Contes et nouvelles en vers
Dalva
Jean de Florette
L'homme qui voulait être heureux
L'île mystérieuse
La Dame aux camélias
La petite sirène
La planète des singes
La Religieuse
1984 A l'Ouest rien de nouveau
Aliocha
Andromaque
Au bonheur des dames
Bel ami
Bérénice
Caligula
Cannibale
Carmen

Chronique d'une mort annoncée
Contes des frères Grimm
Cyrano de Bergerac
Des souris et des hommes
Deux ans de vacances
Dom Juan
Electre
En attendant Godot
Enfance
Eugénie Grandet
Fahrenheit 451
Fin de partie
Frankenstein
Gargantua
Germinal
Hamlet
Horace
Huis Clos
Jacques le fataliste
Jane Eyre
Knock
L'homme qui rit
La Bête humaine
La Cantatrice Chauve
La chartreuse de Parme
La cousine Bette
La Curée
La Farce de Maitre Pathelin
La ferme des animaux
La guerre de Troie n'aura pas lieu
La leçon
La Machine Infernale
La métamorphose
La mort du roi Tsongor
La nuit des temps
La nuit du renard
La Parure

La peau de chagrin

La Petite Fille de Monsieur Linh

La Photo qui tue

La Plage d'Ostende

La princesse de Clèves

La promesse de l'aube

La Vénus d'Ille

La vie devant soi

L'alchimiste

L'Amant

L'Ami retrouvé

L'appel de la forêt

L'assassin habite au 21

L'assommoir

L'attentat

L'attrape-coeurs

Le Bal

Le Barbier de Séville

Le Bourgeois Gentilhomme

Le Capitaine Fracasse

Le chat noir

Le chien des Baskerville

Le Cid

Le Colonel Chabert

Le Comte de Monte-Cristo

Le dernier jour d'un condamné

Le diable au corps

Le Grand Meaulnes

Le Grand Troupeau

Le Horla

Le jeu de l'amour et du hasard

Le Joueur d'échecs

Le Lion

Le liseur

Le malade imaginaire

Le Mariage de Figaro

Le meilleur des mondes

Le Monde comme il va

Le Parfum

Le Passeur

Le Petit Prince

Le pianiste

Le Prince

Le Roman de la momie

Le Roman de Renart

Le Rouge et le Noir

Le Soleil des Scortas

Le Tartuffe

Le vieux qui lisait des romans d'amour

L'Ecole des Femmes

L'Ecume Des Jours

Les Bonnes

Les Caprices de Marianne

Les cerfs-volants de Kaboul

Les contes de la Bécasse

Les dix petits nègres

Les femmes savantes

Les fourberies de Scapin

Les Justes

Les Lettres Persanes

Les liaisons dangereuses

Les Métamorphoses

Les Mouches

Les Trois mousquetaires

L'étrange cas du Dr Jekyll et de Mr Hyde

L'Ile Au Trésor

L'île des esclaves

L'illusion comique

L'Ingénu

L'Odyssée

L'Ombre du vent

Lorenzaccio

Madame Bovary

Manon Lescaut

Micromégas
Mon ami Frédéric
Mon bel oranger
Nana
Ne tirez pas sur l'oiseau moqueur
Notre-Dame de Paris
Oliver twist
On ne badine pas avec l'amour
Oscar et la dame rose
Pantagruel
Le Misanthrope
Perceval ou le conte du Graal
Phèdre
Ravage
Roméo et Juliette
Ruy Blas
Sa Majesté des Mouches
Si c'est un homme
Stupeur et tremblements
Supplément au voyage de Bougainville
Tanguy
Thérèse Desqueyroux
Thérèse Raquin
Ubu Roi
Un Barrage contre le Pacifique
Un long dimanche de fiançailles
Un secret
Vendredi ou la vie sauvage
Vipère au poing
Voyage au bout de la nuit
Voyage au centre de la terre
Yvain ou le Chevalier au lion
Zadig

À propos de la collection

La série FichesdeLecture.com offre des contenus éducatifs aux étudiants et aux professeurs tels que : des résumés, des analyses littéraires, des questionnaires et des commentaires sur la littérature moderne et classique. Nos documents sont prévus comme des compléments à la lecture des œuvres originales et aide les étudiants à comprendre la littérature.

Fondé en 2001, notre site FichesdeLectures.com s'est développé très rapidement et propose désormais plus de 2500 documents directement téléchargeables en ligne, devenant ainsi le premier site d'analyses littéraires en ligne de langue française.

FichesdeLecture est partenaire du Ministère de l'Education du Luxembourg depuis 2009.

Plus d'informations sur www.fichesdelecture.com

© FichesDeLecture.com
Tous droits réservés
www.fichesdelecture.com

ISBN: 978-2-511-02859-9

Notes :

www.ingramcontent.com/pod-product-compliance
Lightning Source LLC
LaVergne TN
LVHW050851200726
843508LV00013B/3036